FSC
www.fsc.org
MIXTE
Papier issu
de sources
responsables
Paper from
responsible sources
FSC® C105338

Donne des nouvelles

Association Art Travers

Loi n°49-956 du 16 juillet 1949 sur les publications destinées à la jeunesse, modifiée par la loi n°2011-525 du 17 mai 2011.

Contributions (ordre de l'ouvrage) :
Jean-Paul Jacquet, Hozho, Thomas Desbouys, Fred, Walter Eygaud, Marie-Laure Mabongo, Mélanie Sève, Emma, Quidam, Nyango, Florent Brondel, Saone, Maurice Vian, Julien/Mandel, Jordi.
Correction : Cécile - **Mise en page :** Amandine

Édition : BoD · Books on Demand GmbH,
In de Tarpen 42, 22848 Norderstedt (Allemagne)
Impression : Libri Plureos GmbH, Friedensallee 273, 22763 Hamburg (Allemagne)

ISBN : 978-2-3224-7840-8
Dépôt légal : Novembre 2024

On se connait depuis toujours, on s'est rencontré depuis peu, on s'est apprécié, on a partagé des joies, des peines, on a partagé des temps d'écriture, on a monté des projets, on s'est ennuyé, on a regardé la vie se dérouler, on a vu des enfants grandir, on a vu des parents vieillir, on a fait des déménagements, on est resté sur place, on est allé voir ailleurs, on a été bénévole, on a été d'accord, on a fait des débats, on a écrit des poèmes, on est de la même famille, on est amis, on se connait peu, on se connait par cœur...

Le temps est passé et l'association Art Travers nous a réuni pour un recueil. Pour garder le lien elle nous a demandé de donner des nouvelles. On est différent mais l'écriture nous rassemble pour le plaisir de le faire. Chacun.e donne des nouvelles à sa manière et la compilation se trouve entre vos mains. Bonne lecture.

Si vous voulez faire un retour, écrivez à :
association.art.travers@gmail.com

En attendant les nouvelles

par Jean-Paul Jacquet

Chaque matin, j'ouvre ma boîte mail en buvant mon café. Je supprime une multitude de messages. Indésirables, comme on dit pudiquement dans le sabir du net. Je jette un coup d'œil furtif sur les autres courriels du jour : résumé de l'actualité, revue de presse, météo du jour, proposition de place pour un spectacle exceptionnel. Je m'attarde sur un article de la *Matinale*. J'interromps la lecture, je la finirai plus tard. Je me fais couler un autre café. Au milieu de ce fatras, un vrai mail. Un message de Tony. Il me demande probablement de participer à son prochain atelier d'écriture. Il l'anime deux fois par mois du côté de la Guill. Ça fait un moment que je n'y ai pas montré le bout de mon stylo. Trop occupé, toujours trop occupé.

Salut JP. J'ai en projet la publication d'un recueil de nouvelles. Une dizaine de textes avec une dizaine d'auteurs. J'ai pensé à toi pour en être. La contrainte, 8000 caractères maximum, le thème est le titre de l'ouvrage « Donne des nouvelles ». Qu'en penses-tu ? Tu peux me proposer une histoire, à l'horizon de six mois ? Fais-moi signe.

Je côtoie Tony depuis quelques années. Il a beaucoup moins que la moitié de mon âge. Il est à la fac, étude de lettres, et écrivain en devenir. Il déborde d'énergie, d'idées, de projets. Il a déjà publié quelques trucs à compte d'auteur. Moi, en décroissance, je suis retiré du circuit des auteurs patentés depuis longtemps. J'écris encore, juste pour m'amuser.
On s'est rencontré dans un atelier d'écriture ludique qu'il animait avec un copain. Une agréable aventure qui a duré plusieurs saisons, avec une dizaine de participants. On démarrait chaque séance par des exercices vocaux, puis après une heure ou deux passées à noircir des feuilles sur un thème suggéré, chacun soumettait sa production aux critiques bienveillantes de tous. Dix textes, dix sensibilités,

dix univers, dix styles, dix sensations de lecture. Très vite les différentes personnalités émergeaient dans les écrits, les styles marquaient la signature des auteurs. L'association qui nous hébergeait s'est mise en sommeil, l'atelier s'est arrêté. Avec Tony, on se croise maintenant dans les soirées et les bars du 7ème, ou lors de représentations théâtrales dans le quartier. On se voit parfois dans des manifs. Dernièrement, Il est venu me voir jouer dans un spectacle avec des enfants sans papiers. Un pote Tony, un camarade de plume.

Je suis étonné par sa proposition, sacrément flatté aussi. S'il me sollicite, c'est qu'il apprécie ce que j'écris. Il doit discerner un style, une originalité, dans mes textes, ou tout du moins me trouver un certain talent de conteur.

J'aime bien écrire. Trop fainéant pour reprendre mes premiers jets, j'abandonne habituellement au fond d'un tiroir les histoires esquissées. J'ai des monceaux de récits jamais achevés, des carnets où seules les premières pages sont noircies.
Cependant dans les ateliers je m'évertue à écrire un récit complet, je m'applique toujours à trouver la chute inattendue qui conclura mon texte.

Je me fais couler un expresso. Je reprends le mail. Une fois, deux fois, je relis le message, pris entre

deux sentiments contradictoires. Bien sûr, c'est une super proposition, une belle opportunité. Il a certainement soumis son projet à d'autres pour avoir un éventail de textes suffisants. Il a contacté ses copains gratteurs de papier, les participants à ses ateliers. Il pourra alors faire son marché dans les textes proposés, choisir les nouvelles qui donneront force, caractère et cohérence à son recueil. Mettre tous les atouts de son côté pour réussir son projet, c'est ainsi que j'aurai procédé.
Je porte le café à mes lèvres. La tasse est vide. Je file sous la douche. Les jets d'eau chaude cognent sur mon crâne. Tel un mantra l'envie d'écrire la nouvelle emplit mon esprit. Mon texte dans un recueil, imprimé, publié, c'est classe. L'eau qui dégouline sur mon visage nettoie mes dernières réticences.

Je vais essayer de pondre un truc, je vais essayer... Non ! Pas d'essai. Je vais écrire un texte. Me mettre sérieusement au boulot avec comme seule boussole la rédaction d'une nouvelle.
8000 mots, j'ai du mal à me représenter la longueur du texte. J'ouvre mon mac, cherche un truc que j'ai écrit il y a peu à l'atelier de Vaulx-en-Velin. L'histoire improbable de la rencontre de mon pote Rachid et de Jacques Chirac sur un sentier ardéchois. Je double-clique sur le fichier et fouille le menu pour trouver le compteur de mots. Imprimée, cette histoire tient sur quatre

pages et demie. Où est ce putain de compteur ? Ça y est ! 2756 mots. Loin du compte. J'ai pourtant le souvenir d'avoir bataillé ferme pour décrire l'éclat des paysages, l'odeur des senteurs de la garrigue, la maison de Rachid et la voiture de Chirac. Alors, 8000 mots, à la louche, une douzaine de pages. Énorme ! Jamais écrit un truc aussi long. Six mois. Si je garde cet objectif en vue, c'est possible. J'arrête de procrastiner, je prends mon stylo, et je me mets au boulot.

Il me faut d'abord une histoire, au moins un embryon d'histoire. La première phrase, la suite viendra ensuite. Je m'assieds à mon bureau. Sur la première page du cahier je m'applique pour inscrire « Donne des nouvelles ». Je tourne la page, le stylo se fige immobile au-dessus du papier. Mon crâne est une grotte, désertée depuis la nuit des temps, où résonne le sifflement des courants d'air. Le vide abyssal de mon imagination m'affole. Je me remémore mes anciens écrits, fais l'inventaire des textes inachevés, des histoires laissées en plan, de tous ces brouillons que je me promettais de retravailler. Non, non ! Pas du réchauffé.

Trop de pression. Je me mets trop de pression. Aller faire un tour, se décontracter. J'enfile mes chaussures, file rejoindre le bord du Rhône.

« Donne des nouvelles » Qui parle ? À qui ? Pas un infime soupçon d'histoire. Je passe sous le pont de la Guillotière. Le soleil inonde les berges. Je grimpe quelques marches, m'affale sur les gradins. La vie de la ville est là devant moi. Les lyonnais vont et viennent sur le quai, les joggeurs courent, les cyclistes roulent, les promeneurs se promènent, pas le moindre début d'inspiration. Aucune idée en approche. Immobile, je regarde couler le fleuve. Assommé par la chaleur, je me laisse hypnotiser par le mouvement de l'eau. Je sors bientôt du coma. J'extirpe l'ordinateur de ma besace, ouvre ma messagerie. Le mail de Tony me saute au visage « Donne des nouvelles »
Je prends une longue inspiration. J'expulse très lentement l'air de mes poumons. « Donne des nouvelles ». Les lettres sous mes yeux dansent une funèbre farandole. J'appuie sur la flèche répondre.

Merci pour ton message Tony. Il m'a fait plaisir et secoué à la fois. Je ne cesse de penser à ta proposition. Je l'ai pesée, soupesée, avalée et digérée, saluée et embrassée aussi. Je sais que tu es impatient d'avoir des nouvelles. A la fin de ce texte je n'aurais pas écrit plus de 1500 mots. Juste capable de faire une pitoyable pirouette face à ta fantastique proposition. Alors je renonce. Je vais le regretter mais… je vais décliner ton offre.

Je ne veux pas te faire plus attendre. Je te souhaite très sincèrement une belle réussite.

Un long moment mon doigt reste en lévitation au-dessus du clavier. J'appuie sur la touche envoi.

Quel idiot tu fais ! Tu penses qu'on va t'en faire souvent de telles propositions. Pas de contrainte ou si peu, pas d'enjeu ou si peu. Juste une histoire d'ego à maitriser. Tu en avais encore du temps. Maintenant c'est trop tard.

Hagard, consterné par mon geste irrémédiable je relis le mail de Tony. Je m'attarde sur cette phrase au cœur du message comme si je la voyais pour la première fois.

La contrainte, 8000 caractères maximum, le thème est le titre de l'ouvrage « Donne des nouvelles ». Je regarde ébahi le compteur de mots : 1332 mots. Je sélectionne « nombre de caractères » : 7966 caractères.

Le vertige me prend. J'y étais... Et j'ai abandonné. Les jours s'enchaînent. Aucune nouvelle de Tony.

Créatures

par Hozho

La menace a plané d'un seul coup. Difficile de savoir ce qu'elle était exactement. Mais nos corps se sont mis à transpirer la peur. Elle était là. Partout : au dehors comme en dedans.
Nous nous sommes retrouvés au dernier étage du lycée : mon fils Joe, moi et quelques autres. On s'est assis. Tous. Puis le silence s'est abattu sur nous.
Je ne me souviens plus très bien comment les choses se sont enchainées... Mais qu'importe...
Nous avons été momentanément à l'abri tous les deux : Mon fils Joe et moi. Mon grand...
La nature ne m'a pas donné la chance de porter la vie : Syndrome de Rokitansky. Mais quand j'ai rencontré le père de Joe, j'ai cru qu'elle réparait

son erreur. Il est arrivé avec ce si petit bébé dans les bras. La mère biologique les avait quittés, me laissant une place si douce, si chaude : taillée sur mesure à mon désir de maternité.
Quel bonheur ! Quel bonheur de pouvoir donner une incarnation à mon corps de femme tronquée !
Nous avons été heureux... tellement heureux... tous les trois. Et on a partagé : les premiers sourires, les premiers mots, les premiers pas, la première rentrée, les premiers mètres à vélo sans les roulettes, les premières prises de têtes à l'adolescence...
Jusqu'à l'annonce de la maladie. Une maladie auto-immune, incurable... Mais « tant que Joe prendrait son traitement, il pourrait vivre normalement » disait le doc.
Alors il a pris son traitement. Et il a vécu normalement, comme n'importe quel adolescent...
Et nous avons continué d'être heureux. Un peu plus pleinement même. Car finalement, la vie n'est pas un dû alors il faut en profiter. En profiter toujours un peu plus, comme si demain n'existait pas.
Et demain a cessé d'exister : les créatures sont arrivées.
Alors nous sommes restés cachés. Avec Joe. Dans le lycée.
Pourquoi son père n'est-il pas venu avec nous ? Ce n'est pas clair dans mon souvenir.

Mon cœur se serrait à mesure que j'égrainais les quelques doses quotidiennes du traitement de Joe - qu'il garde toujours sur lui, au cas où... Deux boites d'avance, au cas où... Trente jours de sursis. Alors a commencé le décompte, chaque jour plus douloureux...

J'aurais voulu pouvoir sortir. Aller chercher ces foutues pilules. Comment la vie peut-elle tenir à quelques molécules de synthèse ? Mais j'ai été trop lâche, trop faible... Et puis, les autres ne m'auraient jamais laissée rentrer à nouveau dans le lycée.

Je savais. Il savait.

Et quand nos regards plongeaient l'un dans l'autre, les mots ne parvenaient plus à soutenir notre tristesse. Ils restaient coincés là. Quelque part dans la gorge. Seules les larmes arrivaient à parler de l'amour que nous avions l'un pour l'autre. Seule l'étreinte de son jeune corps aminci contre le mien nous réchauffait, comme une communion matricielle que nous n'avions jamais vécue ensemble : une grossesse ex nidum.

Un matin, il ne s'est pas réveillé. Il est parti en silence, dans son sommeil. J'ai senti son corps céder. Me laissant seule avec la peine insupportable d'une mère qui n'a plus de raison d'exister.

Alors j'ai cessé d'exister...

Soudainement, je me suis retrouvée hors des murs du lycée. Forclose.

Comment cela est-ce arrivé déjà ? Impossible de me souvenir... La peine, la douleur, la perte... Ça oui, je m'en souviens.

J'ai cherché à rentrer à l'intérieur : impossible. Comme pour accéder à ma mémoire des derniers événements.

J'ai mis du temps à rassembler mes esprits pour essayer de comprendre ce que je faisais là.

Et puis j'ai compris.

J'ai d'abord été terrorisée. Terrorisée à l'idée de devenir moi-même une de ces créatures. Que resterait-il de moi d'ici quelques heures ? De mon corps ? Et surtout, de mes souvenirs ? Me rappellerais-je encore son visage ? Pour combien de temps ?

Et puis la peur s'est apaisée à mesure que la lumière du soleil rougissait, glissant sous l'horizon.

Déjà la peine de la perte s'estompait... Mon cœur se desserrait à nouveau. L'impression fugace que quelque chose de terrible était arrivé persistait mais comme dans un second plan, floutée.

Que resterait-il de moi quand je n'éprouverai plus la douleur de la perte de mon enfant ?

Et puis la faim s'est fait ressentir. Ecrasant, les derniers souvenirs d'une humanité s'évanouissant. S'effritant. Oui la faim, au creux de mon ventre. Là où était, jusqu'alors, logée la perte.

Et la faim s'est intensifiée...

Maintenant je n'ai plus peur... Etrangement, je ne ressens même plus de peine. Quel soulagement... Je ne sais plus très bien pourquoi je la ressentais mais tant mieux : c'était extrêmement désagréable... La faim, elle, peut s'étancher. Je veux manger, c'est si simple !

La nuit est noire. J'entends les râles de mes congénères. Ils seront bientôt là.

La faim et la furieuse envie de me battre pour l'assouvir...

La faim, et rien d'autre...

Des nouvelles du quartier

par Thomas Desbouys

Visage creusé
Buriné, embrumé,
Sous un ciel nuageux, à même le sol.
Sur un aplat de bitume,
La cohorte de l'autre monde,

A repris son rythme effréné.

A juste quelques centimètres de lui,
Il est bien visible,
Il n'a pas pris la peine de se cacher.
La cohorte de l'autre monde,

A repris son rythme effréné.

Pourquoi se cacherait-il ?
De la cohorte de l'autre monde,
Il vit à l'orée.
La cohorte de l'autre monde,

A repris son rythme effréné.

C'est pourtant lui qui était là en premier.
La cohorte de l'autre monde,
N'est-ce pas elle qui vit à l'orée ?
Et qui
Reprends son rythme effréné.
N'est-ce pas elle,
La cohorte de l'autre monde,
Le Grand ensemble,

Qui vit en marge ?

Il y a quelqu'un dans mon quartier qui poussait comme des cris de corbeau.
De ma fenêtre je l'entendais hurler de temps à autre, c'était très soudain et très bref.
Je l'ai croisé quelques temps plus tard, adressant ses croassements aux murs du tunnel ferroviaire situé non-loin de la Part-Dieu.

Est-ce lui qui vit en marge ou nous ?

Des nouvelles du quartier

Il y a la circulation, dense, bruyante, quelque fois assommante, entêtante, lancinante, énervante.
Il y a les klaxons, les sonneries de téléphone.
Les livraisons, les camions, les vélos, les chocs des bouteilles et des cartons.
Les conversations endiablées, les échanges d'insultes, les rires, les débuts de bastons, la musique à fond.
Trop de basse,
Trop de basse !

Des langues étrangères, des syntaxes approximatives.
Les salarié.e.s et les écolier.e.s le matin.
Les gens ivres le soir.
L'épicerie le matin,
L'épicerie le soir.
Celle et ses cheveux gras qui va de bistrot en bistrot.
Celui à la voix rauque qui se baladait avec sa canette à la main.
Il y a des humain.e.s divers.e.s et varié.e.s
De ma fenêtre, t'en vois des taré.e.s.
Peut-être de plus en plus.
Les calmes, les gentil.les
Tu te demandes comment iels font encore pour l'être.
Mais ça vit, comme une fourmilière,
Ça grouille, ça presse, ça oppresse, ça transporte,
Ça crie plus que ça parle (trop souvent),

Ça émet des borborygmes.

Ça vit, ça survit, c'est franc.

J'entends, j'observe tout ce monde depuis ma fenêtre.
Je sors et me glisse vaillamment dans la tempête.
Et de ce flot, je fais tout pour m'extraire.
Je nage, je surnage, je me laisse piéger ou guider par le courant.
Et quand d'aventure, le calme refait surface
alors j'apprécie et je souris.

Nous redéfinissons nos marges à chaque instant.

En marge,
Tu te laisses aller, tu erres,
Ne sachant pas où aller,
Tu vas, c'est tout ce que tu sais
Tu vas, c'est tout ce que tu fais
Tu vas, alors que dans ton esprit vagabondent
L'angoisse de la destination et
Les arrangements avec ta conscience
Quant au pourquoi du comment de ton départ.

Tu te plais à planifier tes rêves,
Mais sur les routes qui y mènent

Des nouvelles du quartier

Tu peines à t'orienter
Aux prémices du périple
Tu aimerais goûter le sentier
Et savourer les frissons des chemins de traverse
Mais ton âme têtue n'en fait qu'à sa tête
Comme un boulet que tu traînes
Et
En marge
Fais de toi ton propre prisonnier
Tu ne peux pas t'évader
Sous emprise
Dans le confort relatif
De tes mètres carrés.

En marge,
Tu aurais tort de te plaindre
Pour certain.e.s trop étroite
Assailli.e.s par les questions trop immédiates
Là où ton esprit peut flirter avec l'abstrait
Remettre à plus tard ce qui aurait déjà dû être accompli depuis bien longtemps
En marge,
Au ban,
Assommé.e.s par le concret
Ignoré.e.s, toisé.e.s, pris.e.s de haut
Alors que dans ton 40m2
L'intellect toujours bloqué à la surface
Tu interroges sans profondeur
Besoin, envie et nécessité

Ta réflexion, elle, n'a d'égale
Qu'une exploration bâclée
Des abysses
En fait
Du vide abyssal.

En marge,
Ton esprit bouillonne
Tu gaspilles la forêt
À coup de brouillons
À loisir tu griffonnes
Des idées tout aussi loufoques
Que superflues...

L'odeur de la rosée du matin
Le printemps naît à nouveau
Encore fragile
Encore incertain

L'odeur de la pluie d'été sur le bitume
Après tant de journées caniculaires
La colère peut s'estomper
Et laisser place à la plénitude

Des nouvelles du quartier

L'odeur des derniers rayons de soleil à l'automne
Qui réchauffent l'âme
Offrant un sursis bienvenu
Avant la grisaille

L'odeur du froid, alors qu'il fait encore nuit,
Un matin d'hiver
Depuis ta fenêtre
Tout est encore silencieux

Le monde est à toi

Du fer à la plume

par Fred

Virginie, Automne 1795.

Batt était un jeune esclave de 17 ans, solide et fort. Il y a 12 ans, à la mort de son maître, il fut séparé de sa mère et de sa sœur pour aller chez un producteur de coton à plus de 100km de sa famille. Son nouveau maître, M. Norton, était dur et intraitable. Comme beaucoup d'esclavagistes, il donnait plus d'importance aux animaux qu'à ses propres esclaves. Il avait le coup de fouet très facile, mais était bien plus avare avec la nourriture. Très tôt, Batt a travaillé dans les champs pour cultiver

le coton. Son corps se musclait à mesure que le fouet le déchirait.
Mais c'est au bout de neuf ans, à l'âge de quatorze ans, que la vie de Batt pris une autre tournure. Pour la première fois, il connut l'espoir.

Il est vendu à M. Brown, un homme riche et influent qui avait fait fortune dans le tabac. Il avait en sa possession plus de 70 esclaves. Le travail était dur et intense pendant toute l'année. Entre la préparation des champs, la plantation, le binage, la récolte, le séchage, la mise en sac et la livraison, il n'y avait pas de place au repos. Tous les esclaves dormaient dans des cahutes en bois, à même le sol, avec seulement un sac de toile en guise de couverture. Les esclaves n'avaient qu'un seul vêtement pour toute l'année, une chemise et un pantalon. Les nuits glaciales d'hiver gelaient les pieds, des crevasses se formaient à mesure que le froid s'intensifiait. La chaleur des étés était souvent insoutenable. Les journées étaient sans fin. Le travail s'effectuait du lever de soleil jusqu'à son coucher avec seulement 15 min de pause pour déjeuner. Après la journée de travail, il fallait encore préparer à manger pour le dîner mais également pour le déjeuner de la journée suivante.

Cependant M. Brown n'était pas le même homme que M. Norton. Il n'était pas autant féru du fouet.

Il avait un certain charisme et une belle éloquence qui rendait jaloux n'importe quel autre homme. C'était un homme de grande taille qui inspire le respect. Tout le contraire de M. Norton, un homme de taille moyenne avec de l'embonpoint, sale et vulgaire. Mais M. Brown savait se faire respecter en cas de besoin. Si le travail n'était pas satisfaisant, il n'hésitait pas à punir par 20 coups de fouet. Il avait instauré un barème pour que tout le monde sache ce qu'il encourrait en cas de manquement au règlement, il ne punissait pas par plaisir.

En cet été 1795, il demanda à Batt d'aller chercher quelques courses en ville. Il avait déjà accompagné Mme Brown plusieurs fois cette année. Il lui donna donc le médaillon de la maison Brown, qui était indispensable, car il devait justifier l'appartenance à son maître devant les patrouilles qui surveillaient les routes et forêts. Et il en avait rencontrés déjà à plusieurs reprises. Ces patrouilles étaient cruelles et sans pitié. Tous les esclaves en fuite qu'ils trouvaient étaient torturés et pendus sur place. Ces brigades étaient payées par les propriétaires d'esclaves afin de limiter les évasions, ce qui était très dissuasif.

Batt partit donc de bonne heure après avoir nourri les cochons. Il devait parcourir environ dix kilomètres avant d'arriver au magasin.

Il connaissait le propriétaire, M. James, qui lui inspirait beaucoup de sympathie. Il lui disait toujours un mot aimable à chaque fois qu'il venait avec Mme Brown.

A son arrivée, Batt entra dans le magasin et fut incroyablement surpris. Il tomba nez à nez avec sa sœur, Elsa, qu'il n'avait pas revue depuis l'âge de cinq ans. Les larmes coulaient sur son visage sans qu'il puisse les arrêter. Il en était de même pour sa sœur. Ils étaient seuls dans le magasin. M. James était dans la réserve pour préparer la commande d'Elsa. Ils en profitèrent pour s'enlacer comme jamais et échanger quelques mots avant que le propriétaire des lieux ne revienne.

A son retour, M. James s'aperçoit bien que les deux esclaves se connaissent. Les pauvres malheureux ne peuvent cacher leurs émotions… leurs yeux humides, leurs sourires et leurs regards n'auraient trompé personne. Il leur demanda donc comment ils se connaissaient. Elsa et Batt racontèrent alors leur histoire, qu'ils avaient été séparés très jeunes sans jamais ne se revoir ni avoir de nouvelles.

M. James était très touché par l'histoire de ces jeunes esclaves. Il leur laissa quelques minutes dans la réserve, à l'abri des regards indiscrets, pour échanger encore un peu. Il se proposa également de faire l'intermédiaire, au risque de sa vie, afin que Batt et Elsa puisse rester en contact, mais dans la plus grande discrétion.

Elsa était plus âgée que Batt de 4 ans. C'était une belle femme de 21 ans malgré les cicatrices qu'elle portait. Elle avait été vendue il y a 8 ans à une famille riche de Hampton, où la vie était moins dure. Elle s'occupait de la maison et des enfants. Ni Elsa ni Batt n'avaient eu de nouvelles de leur mère depuis leur séparation.

Batt repris donc son chemin pour rentrer dans l'exploitation de M. Brown, le cœur empli de joie. Il espérait pouvoir retourner bientôt à Hampton et retrouver sa sœur, ou au moins avoir de ses nouvelles. En attendant, il reprit son travail comme si de rien n'était. L'idée d'avoir revu sa sœur lui redonnait force, courage et espoir.

Près de trois semaines plus tard, Mme Brown lui donna une nouvelle liste de fournitures, qu'il devait aller chercher à Hampton, chez M. James. A l'extérieur, Batt était impassible, mais c'était un tremblement de terre à l'intérieur. Il prit son médaillon et sa liste et se mit en chemin le plus rapidement possible.

Du haut de ses 17 ans, il ne mit pas longtemps à arriver à Hampton.
Il fut déçu de ne pas y retrouver sa sœur, mais il savait bien qu'il n'y avait que très peu de chances de la retrouver ici. Il demanda donc à M. James de lui donner des nouvelles.

M. James était très heureux de lui dire que sa sœur était passée la semaine dernière et qu'elle lui avait demandé la même chose. Il lui transmettait donc un message d'Elsa, rempli d'amour et de joie, en lui disant que tout allait bien et qu'elle espérait le revoir. Batt fit de même et rentra à la plantation.
M. James fit l'intermédiaire pendant plusieurs mois. Il retransmettait fidèlement les messages et était heureux de jouer ce rôle. A chaque fois que Batt entrait dans le magasin, il demandait toujours : « donne des nouvelles M. James, donne des nouvelles M. James ! », ce qui les faisait beaucoup rire tous les deux.

Cependant, au fil du temps, les messages ne furent plus suffisants. Elsa et Batt voulaient se revoir.

Avec la précieuse aide de M. James, et au bout de deux années encore, Batt et Elsa entrèrent en contact avec un réseau de passeurs qui leur ont permis de s'évader au nord. La fratrie est désormais libre.

Ils avaient à cœur d'apprendre à lire et écrire et à profiter d'une vie pleine de liberté. Mais ce qui leur tenait particulièrement à cœur, c'était d'envoyer une lettre à M. James afin de le remercier. Sans lui, rien n'aurait été possible. Ils communiquèrent longtemps par courrier en se faisant passer pour des commerçants. Toutes leurs lettres finissaient toujours par « donne des nouvelles », comme pour se rappeler de tout ce qu'il avait fait pour eux.

Eclipse au royaume des aveugles
(Npiojhn tb meltbwn dnh tsnbkinh)

par Walter Eygaud

Deyyn dnh yebsniinh, jtmpn gbn in qnwjh h'thhepon jtmxeoh t i'ebvio jebm yebh aebnm dn wtbstoh qebmh.
Deyyn dnh yebsniinh wnwn ho qey mtdntb nhq jnmdb tb woionb dn it wnm.
Deyyn dnh yebsniinh, jtmpn gb'oi l t pnmqtoynh prehnh gbo yn hn jmnqnyq jth.
Deyyn dnh yebsniinh ptm ey jmnjtmn qebh it hebjn, tiemh an jnyhn gb'ey dnsmtoq qebh tseom in dmeoq dn it hnmsom.
Tkoqn it wtoy, oi y'l t jth dn wnoiinbm wewnyq gbn << wtoyqnytyq >> jebm sosmn nq prtgbn aebm nhq byn sopqeomn tmmtprnn t it yboq.
Xtoh weo by hokyn, jtmpn gbn inh piedeh p'nhq dnh xeyqtoynh t senbz.
Mnhqn t dohqtypn : inh veyh wewnyqh ny xtwoiin, p'nhq pewwn nzqmtomn dnh vmtohnh db xnb t wtoyh ybnh.
Hnpebn it qnqn, xoytinwnyq by wnqme p'nhq abhqn by thpnyhnbm remoceyqti...
Deyyn dnh yebsniinh, hn peyytoqmn pt dbmn qebqn it son.
Jebm nqmn heo-wnwn jth it jnoyn dn hn dnhrt-voiinm, it snmoqn ybn p'nhq abhqn gb'ey t vmbin in weydn jebm dnh voiinqh.
Nhq-pn gb'ey deoq smtownyq xtomn peyxotypn t gbnigb'by ? Mnjeydmn t pnqqn gbnhqoey jmny-dmt qebqn i'nzohqnypn...

Furusato

par Marie-Laure Mabongo

C'est ici que ma vie continue ! s'écria Martha. Cette femme de 20 ans venait de terminer son voyage qui aura duré près de 10 heures. Elle est partie le cœur léger ce matin depuis le Cameroun. Aujourd'hui, c'est le premier jour du reste de sa vie. La voilà ici, dans un nouveau pays, en terre inconnue. Pourtant, elle connaissait la France à travers ses lectures et les quelques morceaux de télévision volés entre deux journées harassantes à étudier. Elle avait un objectif clair une fois en France : obtenir un diplôme reconnu ici, ramener un peu de sous et qui sait, fonder une belle famille. Laissé au pays, entre les mains de sa belle-famille, le fils de Martha devait la rejoindre un jour, coûte que coûte.

Valises : dans le coffre de la voiture
Température extérieure : 5 degrés
Mois : février
Lieu : Marseille

Il faisait tellement froid. Martha leva les yeux au ciel. Quel besoin l'humain a-t-il de souffrir pour obtenir ce qu'il veut ? se demanda-t-elle. Peut-être un peu trop fort, à tel point qu'elle crut que les passants l'entendaient tellement ils la dévisageaient. Elle alla déposer ses affaires dans l'hôtel le plus proche. Celui que lui avait recommandé ses « parents ». C'était des marseillais qui lui avait proposé de concourir pour une bourse lui permettant de faire la suite de ses études en France. Elle aimait affectueusement les appeler « mes parents ». Non pas qu'ils remplaçaient les siens mais plutôt qu'elle les considérait comme des proches.

Ah euh… C'est par là ! lui dit le monsieur de l'accueil de l'hôtel qui semblait étonné de voir dans son établissement une dame venue d'ailleurs. Comme si « hôtel » et « étranger » ne faisaient pas bon ménage.

Nous retrouvons Martha quelques années plus tard avec un diplôme en poche, un mariage et puis de jolis et vifs enfants, cette fois, nés en France. Un matin, Martha se risqua à rêver de son pays laissé derrière elle. Neney se souviendrait-elle d'elle ? Et puis, comment se porte Ma'Paule ? Martha se vit alors marchant le long de la chaussée. Elle achète des beignets haricots pour son petit-déjeuner avec un sourire qui ne peut être feint que lorsque l'on a le cœur trop lourd. Non, ce bonheur-là de la nourriture qui promet son lot de satisfaction ne peut pas être mimé. Il est réel. Plus tard, elle sait qu'elle pourra le manger avec un thé à la citronnelle. Sa journée est remplie, elle va passer chez sa cousine Eliane pour aller se faire tresser les cheveux. Ils lui arrivent déjà jusqu'aux épaules. Ensuite, elle passera à l'église du quartier voir s'ils ont besoin de son aide pour le prêche du dimanche suivant. Enfin, elle ira étudier toute l'après-midi afin de « réussir sa vie », comme elle aime le dire quand elle s'adresse à ses amies. « Sita Valérie ! Sita, ahahah, tu sais moi je ne peux pas perdre mon temps, ici, oh, j'étudie, tu le sais, non ? Je ne suis pas de celles qui perdent le temps !! Ahahaha ». Le soir, c'est TF1 qui est allumé et le président Mitterrand qui s'adresse solennellement à toute la francophonie. Il souhaite que cette coalition de nations permette également le développement de la démocratie. Sage pensée ! estima la jeune camerounaise. Puis elle se frotta les yeux et réalisa qu'elle venait de faire un énorme rêve. Elle était bel et bien en France.

Ses idées se mirent à se brouiller. Elle qui avait réalisé une grosse partie de ses rêves songeait à un avenir tout autre. Qu'était-ce que cette sensation de décalage ? Elle était littéralement assise entre deux chaises. Impossible de s'asseoir, de se reposer, de se relaxer. Son passeport lui aurait-il promis un aller sans retour ? Mais alors qu'est la liberté si elle a un goût de « sous scellé » ? Ses enfants qui vivaient en France grandissaient bien. Sa fille lui ressemblait comme deux gouttes d'eau : guillerette et très bavarde. Son autre enfant semblait détenir une intelligence rare tant dans sa capacité à lire le monde que dans sa sensibilité artistique. Elle les emmenait parfois au parc pour qu'ils se détendent. Et, malgré leur écart d'âge certain, ils étaient complices pour se tirer les cheveux, se bagarrer, se crier dessus, se verser du sable sur la tête. En somme, des enfants, comme tout un chacun les imagine.

Son travail et les tâches qu'elle accomplissait lui permettait de dormir tranquille sur ses deux oreilles. Oui, il était arrivé une ou deux fois où elle avait somnolé debout croyant être repartie à Douala. Des parties de sa conscience semblaient avoir été interverties. Elle cherchait à leur redonner du sens. « Perdue », oui c'est le mot, Martha se sentait perdue. Entre ses mains, un bonheur en kit. Elle décida de détacher peu à peu les pièces qu'elle voulait désormais réassembler. A chaque bise échangée avec ses collègues elle sentait ses joues se creuser. Quand allait-elle pouvoir repartir ?

Billet en poche, la voici de retour à Douala, là où elle est née. Son mari et ses enfants sont restés. Elle arriverait à les convaincre de venir vivre au pays. Hummm cette bonne odeur de maïs braisé ! Les taxi-motos manquaient de lui faucher la route tout en esquissant un sourire. Elle leur rendit la pareille. Mais au fur et à mesure de ses pas, Martha tenta de trouver d'autres repères. Malgré l'entrain du début de son voyage, elle se perdit dans les méandres du changement. Pourquoi les commerçants me parlent comme si je ne venais pas d'ici ? Quels sont ces nouveaux établissements aux devantures bariolées et aux produits venant de loin ? Pourquoi rien n'est fidèle à mes seuls rêves qui me tenaient éveillée ?

Le décalage c'est finalement quand tu crois être assise sur une chaise et que tu réalises que cette chaise, c'est en réalité un lit inconfortable. Tu ne comprends plus rien. Pourquoi je ne reconnais pas mon pays ? s'inquiéta Martha. Elle sirotait une à une des gorgées saveur grenadine de sa « top » préférée, attablée dans un de ses bars favoris. Elle se leva et sentit son projet de revenir au Cameroun s'affaiblir au fur et à mesure qu'elle avançait en direction de la maison de son ancienne belle famille.

Martha a maintenant 45 ans, elle a perdu tout espoir d'un retour dans son pays natal. Elle continue de porter un amour très fort auprès de ses enfants à présent réunis en France. Elle s'est séparée de cet homme qu'elle a tant aimé. Elle l'aime toujours pourtant. Le décalage entre la réalité et l'autre réalité n'est plus de son ressort. Tout se confond. Elle n'est plus sûre de ce qu'elle entend ni de ce qu'elle voit. Elle semble boiter perpétuellement après s'être assise sur ce lit inconfortable. Ses enfants viennent la visiter pour les vacances. Qu'est-ce qu'ils sont grands ! Alors, elle les regarde profondément et vient leur dire avec ses yeux ce que sa bouche ne peut plus formuler avec sa langue. Elle leur dit que quoi qu'il se passera, elle sera toujours avec eux. Elle leur demande dans un regard pétri d'amour de ne jamais l'oublier.

Cela fait maintenant 15 ans que Martha est dans son furusato[1]. Chaque matin, elle rédige des bouts de courrier à ses enfants. Elle leur donne

[1] *Furusato peut se traduire par « pays natal » ou « ville natale ». C'est un terme japonais pour exprimer le retour dans le lieu de son enfance. C'est l'équivalent du « patelin », un endroit empreint de nostalgie.*

des nouvelles régulièrement. Aujourd'hui, il y a même Internet. C'est plus rapide. Elle est à présent heureuse de s'être écoutée. Martha sait qu'elle a traversé beaucoup d'épreuves. Celles-ci lui ont permise d'être de retour en conscience. Son pays a changé certes, mais aujourd'hui, c'est elle qui a choisi de revenir s'y asseoir. Même si elle sent parfois de l'inconfort et de l'incompréhension de la part des autres. Ceux qui ne sont pas à sa place. Elle est là où elle a voulu être et ses enfants viennent l'y rejoindre régulièrement dans ses songes et dans ses lettres.

Valises : rangées depuis longtemps
Température extérieure : plus de 25 degrés
Mois : février
Lieu : Douala

La lucidité du chat

par Mélanie Sève

« Aïe ! La poisse ! » Encore une brûlure ! Je lâchai le plat coupable qui explosait sur le sol, dans un bruit fracassant, et me précipitai vers le jet d'eau glacé du robinet, observant mon index rougi. Je tentai d'ignorer les trois autres doigts ligotés dans des pansements de fortune, témoins de mes maladresses du quotidien. Décidément, la cuisine c'est vraiment dangereux ! Surtout quand on a la vision brouillée par un torrent de larmes, les mains qui tremblent et la respiration coupée par les spasmes de ses propres pleurs.

Barbara Streisand hurlait en boucle « Memory » depuis maintenant six jours et chaque tentative de petits plats se terminait en atelier de rafistolage. Il ne me restait que six doigts encore intacts, une casserole qui n'avait pas noirci et seulement quelques miettes de mon ego.
Nous avions vécu cinq ans ensemble avec Tom. Nous nous aimions fort, tout était parfait. Mais il semblait que « nous n'étions pas très heureux » et que « nous méritions mieux qu'un amour fade ».
Alors un jour d'automne, il y a presqu'une semaine, nous avions décidé, d'un commun désaccord, que nous devions arrêter cette histoire. J'avais trouvé un post-it sur le frigo le matin même « Il faut qu'on parle ». J'avais alors jubilé. J'avais débarqué telle une tornade chez ma manucure, la suppliant de me trouver un rendez-vous. « Seules des mains sublimes peuvent accueillir une bague ! », lui avais-je lancé dans un sourire comblé.
Encore une à qui je vais devoir annoncer l'annulation de mon non-mariage...
Quand Tom m'avait conseillé de quitter notre appartement, m'argumentant que les charges seraient trop lourdes pour moi, mais qu'il acceptait de les endosser, je l'avais trouvé prévenant. Il avait également proposé de garder mon piano, « un souvenir de notre mélodie du bonheur », m'avait-il glissé d'une voix mielleuse, et un service qu'il me rendait. En effet, mon Blüthner à queue ne

trouverait pas d'espace dans le studio que je venais d'investir.
Et pour les mêmes raisons il avait eu la délicatesse de me soustraire, selon ses mots, à « un terrible dilemme et à une décision qui te brisera le cœur ». Il avait donc pris les devants et gardé Pablo, notre fox-terrier qui avait les poils aussi durs qu'il avait le cœur tendre.
Pablo et moi nous étions mutuellement adoptés, il y avait déjà 7 ans. J'avais accompagné ma sœur dans un refuge. Elle parlait sans cesse d'animaux. Elle voulait un chat, un compagnon de route, un ami. Et moi je voulais la paix ! En passant devant l'une de ces grandes cages, qui sentait le vétérinaire et les croquettes premier prix, mes yeux avaient été happés par la douleur et la tendresse de Pablo. Il s'était approché de moi, calmement. Et moi de lui. Et naturellement, nous ne nous étions plus quittés.

« Tu dois penser à lui avant de penser à toi » Tom pensait que c'était mieux pour Pablo de ne pas le déloger de l'appartement. Il avait sûrement raison.

Alors que je contemplais les débris de verre éparpillés au sol, je songeais à ma vie. Et comme un déclic, je sus. Tom était tout pour moi. Il était si incroyable, gentil, attentionné, beau comme un dieu, drôle, subtil, sociable et tant d'autres choses. Mais peut-être, et je dis bien peut-être, n'était-il

pas parfait. Certes, il avait eu l'égard de garder ma voiture à l'abri de son garage, de m'aider à faire mes cartons et même de faire don aux bonnes œuvres de mes vêtements laissés chez lui, conséquences de mon départ hâtif « la surconsommation te tuera, aider les autres te sauvera ». Sa générosité n'avait d'égal que son sens de la formule. Cependant, comme si le spectre de sa perfection se fissurait doucement, à l'image de ce plat, j'entrevoyais soudain les contours d'une nouvelle réalité.
Il était beau c'est vrai, mais ses cheveux s'étaient depuis longtemps fait la malle, tout du moins jusqu'au milieu du crâne. Ils semblaient disparaître en même temps que son ventre s'agrandissait. Et puis son incapacité à ranger, sa manie de tout laisser traîner. Je le regardais avec tendresse comme on regarde un adolescent un peu empoté. Mais n'était-ce pas un peu de fainéantise et beaucoup de machisme ? Il me complimentait toujours sur ma cuisine, peu élaborée si je suis tout à fait honnête. Quel flatteur ! Mais finalement, il n'avait jamais mis un pied dans cette pièce. Peut-être étais-je douée pour concocter des plats mais l'étais-je plus que lui pour les nettoyer ? Et sa collègue Nadine, avec qui il sortait régulièrement pour « faire le point sur des dossiers ». Était-il obligé de mettre autant d'after-shave -de mauvais goût d'ailleurs- pour parler Droit des entreprises ?

Progressivement, son image iconique baignée de lumière se diluait, s'évaporait pour laisser place à une figure nouvelle. Nouvelle certes, mais familière. Cet homme-là, tel que je le contemplais désormais, ressemblait très fort à celui que semblaient voir mes amies ou que décrivait ma mère. Le même que celui que ma sœur abhorrait « Même mon chat miaule différemment en sa présence, tu devrais te méfier !! » M'étais-je tant leurrée que même un bâtard de matou avait été plus clairvoyant que moi ? Cet homme si merveilleux était-il finalement la personne toxique que les autres voyaient ?
Évidement ! Cette ordure venait de me jeter, de détruire ma vie, de se barrer avec mon chien et mon piano ! Et j'en étais soudain convaincue, il devait se taper cette connasse de Nadine !! J'étais pétrifiée de rage, figée dans le courroux de ma lucidité naissante.

Le téléphone sonna, me sortant de ma torpeur.
Tom.
J'attrapais mon portable, le corps secoué de colère, une main agrippée au plan de travail de la cuisine pour ne pas défaillir. Une flopée d'insultes se bousculaient maintenant dans ma tête. « Allô ? »
Cette raclure de fond de chiotte allait me payer ce qu'il m'avait fait !

« Je t'appelle car je pars quelques jours en Corse avec Nadine. On va emmener Pablo, elle l'adore. Et j'ai l'impression que c'est réciproque ! »
J'espère qu'il va la bouffer ta Nadine et que les corses font te faire sauter la cervelle ! « Je me demandais si tu pourrais passer arroser les plantes ? Il ne faudrait pas qu'elles meurent ». C'est toi que je veux voir mourir déchet pollué !
« Je peux compter sur toi ? »
Compter ? Est-ce que tu sais seulement ce que ça veut dire, ignoble arriéré ? « Allô ? Je t'entends pas. Tu peux passer alors ? »
Tu veux que je passe ? J'arrive !

J'attrapai mes clés de voiture et démarrai en trombe en direction de mon ancien appartement. La rage semblait avoir pris ses quartiers dans chaque cellule de mon corps. La violence hurlait sous ma peau, débordait dans les larmes qui noyaient mes joues. J'étais affligée de secousses, de tremblements sismiques à l'intérieur de tout mon être et pourtant mes membres restaient solides, immobiles, assurés. Tom ouvrit la porte presqu'instantanément à mes tambourinages et resta alors figé. Je lus dans la pâleur de son visage l'incompréhension et la terreur. Peut-être la fièvre féroce qui avait pris possession de moi était-elle flagrante, visible, extérieure. J'entrai en le bousculant, l'extirpant de son hébétude. J'allai en direction de la

cuisine. Comme dissociée de moi-même, je m'observai. Ma bouche articulait un déluge de paroles insensées, de mots incompréhensibles. Ce n'était pas moi. Et pourtant je reconnaissais le son de ma voix. J'allais et venais dans la pièce, Tom tentant de me calmer. Et alors je ressentis une déflagration dans ma tête, une chaleur explosive, un vertige. Une fraction de seconde plus tard, l'homme que j'avais tant aimé était dans mes bras. Mon cœur s'accéléra en sentant son corps contre le mien, de nouveau. Un fluide visqueux, rouge et chaud me ramena immédiatement à la violence de la réalité. Ma main lâcha le couteau. Nos deux corps s'affaissèrent sur le sol.
Et dire qu'il ne mettait jamais un pied dans cette pièce.

« Alors Léna c'est d'accord ?»
Je revins à moi, sortant de ma rêverie.
« Léna ? »
« Oui bien sûr. Il paraît que c'est joli la Corse alors, quand vous serez arrivés là-bas, donne-moi des nouvelles ! »

Le carnet rouge

par Emma

Quelques gouttes de pluie tombent sur le pare-brise lorsque tu te gares sur le petit terre-plein devant la maison. Le jardin semble bien entretenu mais les plantes aromatiques font la gueule. Il a fait chaud. Il fait de plus en plus chaud chaque année et on n'est qu'au mois de mai. Il suffit que le romarin se dessèche pour que ton père décrète que tout le carré est pourri et ne repartira pas, malgré le soin qu'il y apporte. Ton frère n'est pas encore arrivé. Pas étonnant, tu es souvent le premier. Tu restes quelques instants dans la voiture, tu attends la fin de la chanson. Tu supportes pas quand la radio coupe une chanson avant la fin, surtout si c'est au profit d'une pub. Alors tu te dis que toi non plus t'as pas à le faire.

Deux petits coups sur la vitre pour t'annoncer, tu pousses la lourde porte en bois et tu entres. Le hall d'entrée est encombré de vestes, parapluies, chaussures boueuses. Le salon lumineux est bordé de plantes qui s'allongent ou grimpent au fil des années, encadrant la baie vitrée d'une ligne verte ondulante. Sur la bibliothèque, la pile des livres lus dépasse celle des livres à lire. Un mug de café froid empêche le journal de la veille de s'envoler. Papa, t'es là ? Ça sent le gâteau au chocolat qui sort du four mais rien ni personne dans la cuisine. Par contre y'a des petits biscuits sur le bar, aux amandes, tes préférés. Maman ? Tu prends un biscuit et puis deux. T'as cru entendre un bruit dans la buanderie, tu passes une tête, ce n'est que le lave-linge qui finit son cycle coton couleurs à 30 degrés. Une fermeture éclair cliquette contre la vitre. Oh tiens, salut Chef, ça va mon petit pote ? Toujours aussi friand de caresses toi. Et de croquettes aussi visiblement. La queue de longs poils gris s'enroule jusqu'à ton genou et te chatouille sous le short.
Tu te décides à monter au premier. Les marches grincent sous le poids des années, usées de vos « parcours » dans toute la maison, chrono en main, à qui battra le nouveau record de vitesse sans se vautrer dans les obstacles. La salle de bain est encore humide d'une enveloppante douche chaude, ça sent la fleur de tiaré. Maman ? Tu avances dans le couloir. Voilà, par la fenêtre tu aperçois papa.

Dehors, penché au-dessus de l'établi de son atelier, il glisse ses lunettes sur son nez, suit une ligne du doigt puis tapote trois fois de son index, le lève au ciel, remet ses lunettes sur son front et se remet à l'ouvrage. Voici donc la nouvelle étagère à caissons pour les outils, coulissants s'il-vous-plaît.

Toutes les portes sont fermées, hormis celle du petit salon. Une mélodie s'en échappe, ça ressemble à du rock des années 80, une guitare lancinante. Maman ? Le fauteuil jaune est vide. Les accoudoirs et l'assise ont perdu la brillance et la douceur du velours mais ça n'enlève rien à son charme ni à l'envie que tu ressens de t'y asseoir. De te fondre dans ses coussins dépareillés. Y'a pas qu'avec les croquettes que Chef se fait plaisir : le dossier est laminé par les griffes émoussées de ce vieux matou. Machinalement, tu parcours la pièce, faisant l'inventaire des illustrations punaisées, des photos cornées, des bibelots alignés. Ah, voilà ton frère. Il est un peu moins discret, c'est plutôt deux coups de klaxon pour s'annoncer. Je suis en haut, j'arrive ! En pivotant sur toi-même, ton tibia accroche l'angle de la table basse carrée aux larges pieds sculptés, celui-là même qui a déjà causé trois points de suture. Tu attrapes le chandelier alors chancelant et le repose, stabilisé, à côté d'une pile de carnets à couverture rigide rouge, noire ou bleue, maintenue par un élastique. Tu te dis que si l'élastique du premier carnet l'avait maintenu fermé, tu ne l'aurais pas ouvert. La première page est noircie d'une écriture que tu ne connais que trop bien pour l'avoir imitée tant de fois pour sécher les cours. Tu détournes le regard naturellement, c'est une intimité que tu ne veux pas découvrir. Mais tes yeux tombent et s'attardent sur une suite de chiffres. Deux. Mille. Vingt. Quatre.

Vendredi 5 janvier 2024

Les garçons, un ami de votre oncle m'a un jour soumis cette riche idée : vous écrire.
Ayant toujours eu un goût certain pour la lecture et un attrait pour l'écriture, pourquoi ne pas prendre la plume afin que plus tard, vous me lisiez ?
Rassurez-vous, je ne vais pas tenir ce journal pour exposer des figures de style ou pondre des alexandrins. Nope. L'objectif premier est que là, présentement, à l'instant même où toi, Maxence, et toi Timo, ouvrez ce carnet à couverture rouge, un sourire se dessine sur vos visages. J'aimerais que ces pages soient remplies d'anecdotes tantôt joyeuses, tantôt tristes, tantôt banales, concernant vos vies et, inévitablement, concernant ma vie et celle de votre père.
Alors si vous lisez ces lignes, c'est que je suis morte. Ou proche de l'être. Du moins c'est comme ça que je l'imagine. J'imagine que vous êtes adultes tous les deux. J'imagine que vous avez peut-être des enfants

vous aussi. J'imagine que vous êtes complices et qu'une vie de fraternité vous anime. J'imagine que vous êtes tristes et que votre père vous a réuni pour vous donner ce carnet rouge.
Mais peut-être que j'ai tout faux. Peut-être que j'ai décidé de vous donner ce carnet de mon vivant pour finalement voir vos sourires de mes propres yeux, là, en face de moi. Peut-être que vous êtes en fait trois, quatre frères et sœurs. Peut-être que ce journal se lit en une heure ou peut-être en cinq.
Ce qui est certain c'est qu'aujourd'hui, vendredi 5 janvier 2024, j'entame ce journal à destination de toi Maxence, trois ans, et toi Timo, qui va avoir sept mois. Je souhaite (vous) écrire de manière intuitive et spontanée mais j'ai rédigé cette toute première entrée sur un ordinateur avant de la retranscrire ici car, je l'avoue, je m'y reprends à plus d'une fois dans ma tête pour assembler ces quelques mots. Et autant essayer de vous donner envie de lire ce qui va suivre.
Alors, c'est parti ?

Ton regard se fige sur cette dernière phrase. Tu n'arrives pas à quitter des yeux ces caractères écrits à l'iconique BIC M10 rétractable bleu, il y a de ça trente ans. L'encre s'est à peine estompée. Tandis que tu te souviens à quel point j'étais triste quand ils ont arrêté leur fabrication, un courant d'air chaud traverse la pièce, la porte s'ouvre derrière toi. Oh, tu es là mon grand ?

Le premier cri

par Quidam

Dans deux heures elle entrerait en scène. Façon de dire, elle prendrait plutôt place. Car c'était une place où elle avait fixé rendez-vous à 11h. Elle avait un peu le trac. C'était sa première en quelque sorte, et elle n'avait pas fait de répétition générale.

Elle se raclait la gorge depuis six heures malgré la concoction du mélange thym-miel dans son thé matinal pour fluidifier sa voix. Cela faisait un mois qu'elle essayait de trouver le bon timbre. Tantôt trop aigu, tantôt trop grave. Il fallait trouver la bonne hauteur et le bon ton, assez fort pour attirer l'attention tout en gardant assez de souffle dans la durée et ne pas s'abîmer les cordes vocales.
Elle avait hésité à acheter un mégaphone mais, ne sachant pas si cette expérience allait être une réussite, elle ne se projetait pas dans l'avenir pour l'instant. Elle misait sur le fait que sa voix porte

suffisamment loin et reportait à plus tard cet investissement. Elle avait alors choisi un simple porte-voix trouvé dans une brocante qu'elle avait négocié la moitié du prix. Un cône métallique gris qu'elle avait astiqué du mieux qu'elle pouvait pour lui redonner l'aspect d'antan.
Elle avait également réfléchi à ses habits. Ni trop sobres ni trop tape-à-l'œil. Un peu de couleur et un peu d'originalité. Trouver le couvre-chef idéal lui avait pris le plus de temps. Il lui en fallait un à la hauteur de la fonction.
Elle avait donc opté pour une casquette gavroche. Même si en bon transfuge de classe, cette casquette avait défilé sur les podiums de la haute couture dans les années 2000, elle faisait référence aux « newsies » de New York. Ces enfants livreurs de journaux de la fin du XIXème siècle jouaient un rôle important dans la propagation des nouvelles. Une amie chapelière passionnée lui en avait confectionné une sur mesure avec des impressions de la presse de l'époque.

Ce matin, elle s'était levée plus tôt pour relever les messages dans la boîte qu'elle avait prévu à cet effet à côté du point de rendez-vous.
Son oncle menuisier lui en avait fabriquée une. Elle lui avait demandé de faire un cube avec une fente sur chaque face visible. Au-dessus de chacune d'elles, elle avait écrit chaque rubrique calligraphiée

pour trier les messages dès leur insertion : Mots doux, Mots sérieux, Mots poétiques, Mots curieux, Mots inclassables. Elle avait quand même vérifié comment les instructions avaient été suivies pour éventuellement renommer les catégories.
Elle avait prévu d'ordonner les annonces reçues. D'abord les mots des amoureux qui déclaraient leur flamme puis les annonces de matériel à vendre, prêter ou troquer puis les mots plus engagés militants ou philosophiques pour introduire ses « nouvelles du monde ». Sa revue de presse de la semaine qu'elle avait préparé avec le plus grand soin par des résumés d'articles de journaux qu'elle avait glané à droite à gauche. Cette dernière serait donc la plus grande part de sa prestation.

Mais, en ouvrant la boîte, trois messages se présentaient à elle. Juste trois petits messages après tant d'attente :
« Quincaillerie La Bricool cherche une personne motivée pour assurer le suivi des commandes. N'hésitez pas à déposer votre CV »

« Fanny tu me manques. Sans toi, j'ai perdu le non-sens de l'amour »

« Rendez-vous tous les mardis à 19h pour une pétanque conviviale. J'aurai un bob bleu. Au plaisir de vous y voir »

Le fond de la boîte était également parsemé de quelques mégots et capsules.
La déception avait failli la faire renoncer mais l'engagement l'incitait à aller jusqu'au bout. Les trois messages avaient été insérés dans des compartiments qu'elle avait jugés adéquat. Était-ce ces consignes qui étaient plus compréhensibles que les affichettes des poubelles de tri ou ses utilisateurs qui prenaient plus le temps de les lire ? Le sous-effectif de messages ne permettait d'en tirer aucune conclusion.
La déclaration d'occupation temporaire du domaine public avait été faite dans les règles en demandant une autorisation à la mairie il y a maintenant six mois. Elle avait eu l'aval sans trop de difficulté mais elle voulait que sa prestation soit officielle. On lui avait d'ailleurs proposé les services de communication de la mairie pour promouvoir son intervention. M. Guignard l'avait reçu pour la préparation. Il lui ferait une belle affiche ainsi qu'une annonce dans le journal local. Il avait semblé l'écouter d'une oreille mais elle avait supposé que cet air nonchalant cachait un créatif en réflexion.

***

Son réveil sonna. Il fallait maintenant qu'elle prenne le départ vers le point de rendez-vous.
Arrivée sur la place. Une dizaine de personnes attendaient des paires de chaussures à la main. Ils

la saluèrent à son arrivée à côté du banc où elle était censée grimper pour clamer ses nouvelles.

Était-il prévu conjointement une pyramide de chaussures ? Cette manifestation visant à sensibiliser le public quant aux effets des mines anti-personnelles et des bombes à sous-munitions non explosées dans les pays dans lesquels la guerre a sévi.

Son regard scrutait la place quand elle aperçut la cause du malentendu. Sur la belle affiche accolée qui annonçait sa prestation une faute de frappe s'était glissée.

« Dimanche 11h.

Venez assister à la première prestation gratuite de la Cireuse publique »

Deux lettres interverties avaient suffi à changer sa fonction. Elle était venue pour colporter des nouvelles, on l'attendait pour faire briller des souliers.

Quand quelqu'un l'attrapa par le bras pour l'interpeller : « Bonjour, j'ai vu l'annonce dans le journal. C'est vous qui donnez des massages ce matin sur la place »

Le message n'était pas bien passé. La bureaucratie lui avait encore joué des tours et elle regrettait d'avoir fait confiance à ce M. Guignard.

Elle se souvenait de sa grand-mère lui prodiguant ce fameux adage : « On n'est jamais mieux servi que par soi-même ».

Elle en restait sans voix.

Les six mousquetaires

par Nyango

13/07/1997 Les six mousquetaires

...J'attendais l'ascenseur quand les 6 mousquetaires en sont sortis. Dire que je les connaissais depuis la maternelle. C'est le groupe le plus cool du lycée et peut-être même de Belleville... Malheureusement, toutes mes tentatives antérieures pour rejoindre cette bande ont lamentablement échoué...

10/07/2008 Libération

...Je me délecte de chacune de leurs paroles, je scrute leurs réactions, leurs silences... La découverte du catamaran leur apparaît comme une bénédiction... L'absence de rançon les rassure. Le traceur leur permettra de rejoindre facilement la côte. L'heure n'est plus à tergiverser. Une seule chose à faire : fuir. Trouver l'identité du kidnappeur, ses motivations, peut-être payer le prix du silence : tout cela pouvait attendre...

12/07/1998 Fin

...Le pays est en liesse. Je reste immobile, impassible, incapable de penser longtemps, sans voix. J'ai réuni le nécessaire pour mettre un terme à tout ça. Je me recroqueville, le sommeil me sauve mais les cauchemars me détruisent petit à petit...

02/09/1997 La rentrée

...Terminale L. Adam le charismatique stratège est dans ma classe. Lui plaire et sortir avec lui...
Sarra, la splendide ambitieuse est en S. Organiser un échange de vêtements...
Bakari, le beau-parleur traditionaliste est en ES. Bon orateur, sérieux, pratiquant. L'interroger sur l'islam...
Fatou, l'intègre utopiste est en S. Altruiste, gracieuse, brillante danseuse jazz. Se pointer aux répétitions...

Tao, l'ingénieux téméraire est en ES. Subtil, espiègle, rusé, champion de boxe. Assister à ses combats...
Inès, la brillante cartésienne est en S. Elle sait déjà qu'elle sera pharmacienne. Lui présenter David...

08/07/1998 Donne des nouvelles

...« Félicitations pr Hypokhâgne. Délire de faire la rentrée ens. Je voulais aborder 1 truc avec toi. Trouve les mots manquants de la citation + l'auteur. « Le xxxx grand xxxx après que d' xxxx c'est xxxx confesser son xxxx ». Slt, si tu y parviens, RDV chez moi à minuit. J'espère que tu me donneras vite des nouvelles. A.».
... J'ai immédiatement reconnu la citation de Gide et envoyé la réponse... Fébrile, je n'ai repris ma respiration qu'après avoir lu « Bravo ! A ce soir pour le grand soir ! »... Ma vie allait enfin changer !!!...

15/04/2008 L'invitation

... Je relisais nerveusement l'invitation du lycée comme pour percer un mystère. Oui, Hélène Boucher voulait redorer son image, rétablir sa réputation grâce à la notoriété des six mousquetaires... C'est le moment... Il est temps d'agir...

07/09/1998 Les études supérieures

... Renoncement, virage à 360. Rien ne me destinait à ce choix. J'ai dû m'effacer, mentir honteusement. Je voudrais trouver la force pour m'extirper, oublier cette histoire. Des excuses, des remords, je pourrais les accepter... Au moins, je suis loin, personne ne me connaît. Tout est à construire ! Je dois reprendre le cours de ma vie et briller dans cette nouvelle aventure...

17/04/2008 Blue Hat et Open Source

... Je suis Blue Hat depuis quatre ans. Finalement, je ne suis qu'un pion parmi tant d'autres. Je manque cruellement d'air.... Assister à ce symposium Open Source : un pur hasard. Rencontrer Benedict Tovalds : la fatalité. Aucune hésitation quand j'ai remis ma démission. Le changement est incroyable. Tout est à concevoir en équipe pour que ça devienne un bien commun. Je kiffe !!! Mes trois missions sont de qualité et évolueront dans le temps : bugs launchpad, migration GendBuntu et serveur Wiki. Cerise sur le gâteau : IN LOVE depuis presque 10 ans...

01/07/2008 L'île au bois

...Sacré subterfuge cette tombola en ligne proposée par le lycée. Un week-end sur l'île au bois : privée, déserte et sans réseau. L'aubaine ! Après les avoir déposés et comme convenu, le skipper a prétexté un second voyage pour récupérer les victuailles. J'avais pris le temps d'équiper chaque pièce et les accès extérieurs de caméras cachées afin de ne rien manquer... Ils ont mis une heure à comprendre qu'il s'agissait d'un guet-apens. La découverte des enveloppes et des vidéos a été un véritable choc. Le groupe se disloque, s'engueule, déprime. Aucune de leurs explications ne les rapprochent de la vérité...

09/07/1998 Des maux

... Absence, incompréhension, crainte, douleur, dégoût, horreur, haine, vengeance...

30/06/2008 10 ans après

J'ai pu regarder les images... Le lycée avait fait venir la presse. Les six discours se sont succédé rythmés par le bruit des flash... La crème de la crème s'exprimait...

Inès a sa propre officine, elle a eu l'autorisation d'être certifiée pour les préparations magistrales, chose rarissime en France...
Tao est propriétaire d'une centaine de magasins asiatiques franchisés, sa prochaine étape : conquérir le marché européen...
Fatou, ancienne étudiante au MIT, désormais brillante fondatrice de SISTA, collectif qui soutient les femmes de la tech dans l'accès aux financements de leurs projets...
Adam est député-maire, il fait l'unanimité auprès des français. On murmure qu'il va bientôt prendre la tête de son parti...
Sarra est une tradeuse influente, elle travaille pour la troisième banque française... Ensuite, elle voudrait prendre la direction d'une entreprise du CAC 40...
Bakari habite Genève, il est directeur d'une agence UBS. En parallèle, il dirige la plateforme interreligieuse (IFIR)...
Il est encore trop tôt pour révéler leurs petits secrets. To be continued... !

10/04/2008 Vindicare

... 10 ans que ma vie a basculé. 7 ans de psychanalyse pour rien ! Je continue les cauchemars, je suis toujours à l'affût. J'essaie d'autres choses, la TCC n'a pas fonctionné, on me conseille une thérapie nouvelle : l'EMDR. Les psys s'accordent pour dire que mon inconscient tente de restaurer mon ego. Il suffirait que je réoriente cette force émotionnelle pour que ma colère n'alimente plus mon désir de vengeance. Quelle arnaque !...

22/09/2008 Les conséquences

Une vidéo pornographique de Bakari et d'une mineure de 14 ans a été transmise à la justice et à l'IFIR...
Inès, radiée de l'Ordre des Pharmaciens fait face à une enquête pour contrefaçon de médicaments...
Tao a été sanctionné : fermeture administrative de tous ses magasins pour fraude et empoisonnement...
Sarra a été licenciée. Le rapport de la Société Générale établit qu'il y a eu complicité avec Jérôme Kerviel...
Adam n'a plus de mandat, poursuivi pour délit d'initié, l'argent qu'il a dissimulé a mystérieusement disparu...
Fatou est toujours chez SISTA. Après notre séjour en Espagne, elle est revenue enceinte. Nous n'avons aucun regret sur nos agissements. Le désir de justice a été le ciment de notre couple durant toutes ces années. Je n'y serais jamais arrivée sans elle...

C'est à force de les surveiller que nous avons pris conscience de leur dangerosité. Désormais, on a mis à distance cet événement tragique. Une nouvelle page blanche s'offre à nous...

08/07/1998 Le supplice

La porte s'est refermée. Immédiatement, j'ai été plaquée face au mur. J'ai entendu et senti ma jupe se déchirer. Très vite j'ai ressenti une douleur extrême, perforante, effroyable. J'ai crié de toutes mes forces. J'ai cru être sauvée lorsque la porte s'est ouverte. Adam s'est retiré et a pivoté ma tête comme s'il voulait que je les voie.
Après ça, la porte s'est refermée puis j'ai entendu leurs quatre rires. J'ai de nouveau crié, supplié mais Adam a recommencé plus brutalement. Après, je crois que j'ai perdu connaissance... Dans l'ascenseur, il ne lâchait pas ma main. J'étais un zombi sanguinolent à qui on murmure « Si tu parles, t'es morte. N'oublie pas que j'ai quatre témoins qui me suivront »...

13/07/1998 Le destin

Qu'est-ce qui explique que Fatou soit venue au moment où l'irrémédiable allait se produire ?

Son indignation et sa détermination m'ont transcendé... Nous avons décidé de braver l'impunité selon nos propres règles. Quand je l'ai embrassée, j'ai su que nos destins étaient liés...

Un avenir si proche

par Florent Brondel

Lyon fin de l'été,

La communauté du chat noir se porte bien, nous avons accueilli la 187e personne, ce qui fait au total 12 627 êtres sur Lyon.
Il y a une semaine, nous avons fêté la dernière récolte de tomates de la saison, un grand feu a été allumé pour l'occasion au Parc de la Tête d'or, nous avons joué, dansé, ri jusque tard dans la nuit. Il faisait bon ce soir-là, nous avons fait un grand banquet avec les légumineuses que nous avions plantées l'année dernière dans le parc aux biches.

Cet été, nous avons effectué comme à l'accoutumée le contrôle des moulins hydrauliques ; tout fonctionne correctement, ils donnent assez d'énergie pour alimenter le bâtiment B de l'hôpital de la Croix-Rousse ainsi que le reste de nos bâtiments administratifs, sociaux et culturels. Le quartier de la Part-Dieu est toujours sécurisé car les deux dernières grandes tours menacent de s'effondrer, la végétation a du mal à venir à bout des derniers édifices.

Ce début de semaine, je suis allé à Villeurbanne avec un groupe de volontaires pour sécuriser le cours Émile Zola. Les sangliers, chevreuils et biches y sont nombreux.ses, ce qui a attiré une meute de loups. Nous essayons de maintenir la route en bonne état pour l'accès au périphérique ainsi que pour l'aéroport de Bron. Ce fut une belle journée, les maisons en pisé de Villeurbanne tiennent bon, les constructions plus récentes se délabrent plus vite. J'aime visiter par moment certaines d'entre elles, ces grandes maisons bourgeoises avec leur multitude de pièces, leur salon d'hiver et leur grand jardin avec une multitude de recoins, le temps semble s'y arrêter. L'une d'elles abrite une colonie de perroquets, descendance des oiseaux échappés du Parc, c'est agréable de se promener dans le jardin et de les observer, flâner, prendre le temps. J'ai profité de cette visite pour

récupérer des livres, cd, tableaux afin de compléter la bibliothèque collective.
J'apprécie de me balader dans ces quartiers, imaginer la vie d'avant, est-ce que les gens étaient heureux ? Comment vivaient-ils ? Et je marche tranquillement dans les rues avec ces questions en tête.

Nous avons eu récemment un contact par radio avec la ville de El Menia en Algérie, ils souhaitent nous échanger du pétrole contre du matériel médical, un groupe va descendre en péniche à Marseille et procédera à l'échange, une fois transité, nous le stockerons sur les berges du Rhône.
La semaine prochaine, nous irons dans le Bugey voir le niveau de radiation, mais cela semble nettement s'améliorer.

Mercredi, nous nous sommes réunis pour refaire le quadrillage de la ville, nous devons rénover certaines rues et solidifier le pont Bonaparte pour maintenir les échanges avec le groupe des canuts. Pour ce faire, je me suis rendu aux Archives Départementales pour trouver les plans et textes se référant à l'urbanisme de Lyon.
En rentrant dans ce grand bâtiment, une sensation étrange m'a traversé, une sensation de vide, tout un pan du passé était devant moi ; qu'est-ce que j'allais découvrir ?

Sans savoir où j'allais, je me dirigeais instinctivement dans un couloir ; au fur et à mesure que j'avançais dans cet espace sombre et exigu ma poitrine se serrait, il y avait beaucoup d'écho, j'avais l'impression d'être suivi, j'hâtai le pas, inquiet d'être seul dans ce lieu ; mon souffle s'accéléra et je commençai à transpirer. J'entrai dans une pièce et un mal de tête envahit mon crâne, j'eus un vertige et tombai au sol, je me redressai, j'entendis le souffle du vent qui ressemblait à un murmure. Je me suis dirigé vers les rayons, j'ai saisi des documents machinalement et les ai rangés dans mon sac.

Je me précipitai vers la sortie, j'ouvris les portes, l'air frais et léger me soulagea. Je me rendis en direction de la communauté. Que s'était-il passé ? Sur le chemin, une sorte de grésillement tintait dans mes oreilles, mes jambes étaient en coton, mon souffle était court, je ne reconnaissais plus le chemin, les rues, les immeubles.

J'accélérai le pas pour arriver jusqu'à la maison. Quand je l'aperçus, je me mis à courir, j'entendis une voix lointaine m'appeler, je me retournai… personne… je continuai à marcher, la voix se fit plus présente. Non ! il fallait que je rentre chez moi sans me retourner. J'ouvris ma porte, entrai et refermai à double tour, complètement déboussolé, je m'installai avec difficulté à mon bureau, je sortis

les dossiers de mon sac et en saisi un inconsciemment. Je l'ouvris et commençai à le feuilleter... et là... mon sang se glaça, mon nom était inscrit dessus, Ce n'était pas possible, cela devait être un homonyme. Ma tête me faisait de plus en plus mal, j'essayais de me concentrer.
Une voix : Monsieur... Monsieur
Tout ce qui était écrit parlait de moi.
Une voix : Monsieur... c'est l'heure...
Une onde de choc me traversa la colonne vertébrale comme si une balle de revolver l'avait traversée de part et d'autre, d'un coup, je sentis qu'on me saisissait... non laissez-moi... S'IL VOUS PLAÎT !
Un murmure : il n'est plus lui-même.
Une voix : qu'est-ce qu'il a ?
Un murmure : venez, je vais vous expliquer.
Qu'est-ce qu'il se passe, où suis-je ? Je suis allongé sur un lit qui n'est pas le mien. J'entends les voix au fond parler de moi... j'arrive à entendre quelques bribes de conversation, dissonance cognitive... bouffées délirantes... Non mais qu'est-ce qu'il m'arrive ?
Moi : je suis où ?
Le murmure : au foyer
Moi : au foyer du chat Noir ?
Le murmure : non vous êtes à l'unité Les Colombes de l'hôpital du Vinatier.
Moi : laissez-moi repartir.

La voix : vous devez rester ici pour un temps d'observation.
Moi : je dois rentrer !!! Laissez-moi partir.
Le murmure à la voix : donnez-lui le reste de son traitement.
Moi : non, laissez-moi.
La voix : ça va aller.

Je m'éloigne doucement, je suis perdu, qu'est-ce qu'il m'arrive ?

Cela fait maintenant deux semaines que je suis hospitalisé. On vient me voir régulièrement, des amis, de la famille, mais le plus souvent c'est le personnel médical qui vient prendre de mes nouvelles, on me demande comment je vais… je ne sais pas quoi répondre alors je me tais.
Qu'est-ce que j'ai à dire, est-ce la réalité ? Je ne sais quoi penser, penser de moi, du présent. Mon corps est vide, ma tête est vide, je sais que j'ai eu un passé, que j'aurai un futur. J'ai vécu, je vais vivre, j'ai travaillé, je vais travailler, j'ai aimé, je vais aimer, J'étais en colère et je vais l'être à nouveau. Mais là, maintenant, je n'ai rien, rien à donner, rien à prendre, rien… je suis entre deux eaux.
Si. Peut-être cette histoire que je viens de raconter, je la donne, je ne sais pas si ce que j'ai vécu est la réalité. On essaye indirectement de me faire comprendre que ce n'est pas ma vie, mon entourage me

parle de mon histoire, ils disent que je vais m'en sortir, mais moi, je ne sais pas quoi leur dire, ils étaient avec moi dans la Communauté et là, là, ils sont différents.
Mes pensées se mélangent, le monde que je vois là est si dur et triste que je n'ai pas envie d'y vivre, alors... alors je me tais.

Je suis dans un entre-deux, entre deux vagues et parfois au creux, dans un temps suspendu. Mes pensées sont trop fermées pour que je les partage, elles sont confuses, quand une pensée agréable arrive, une triste vient se coller et inversement ; elles sont en circuit fermé, elles ne peuvent en sortir et rien ne peut entrer. Pourtant je voudrais leur parler, leur dire la vérité, ma vérité, mes envies, mes angoisses, mes peurs ; mais je sais que si je parle, mes mots ne seront plus à moi. Alors, cela reste à l'état de pensées. J'ai l'impression d'être un spectateur de mon existence, mes pensées viennent et reviennent, elles restent comme une musique quotidienne, un tic-tac qui se répète encore et encore.

J'ai envie que les choses changent et en même temps j'en ai peur, j'ai peur de moi-même, de n'être plus le même. Est-ce que j'ai idéalisé ma vie ? J'ai peur de ce que je vais découvrir si je parle. Accepter cette réalité, cet hôpital, cette vie ? Ou retourner d'où je viens ?

Des nouvelles du fion

par Saone

Charlie préparait son sac pour le WE. Noa avait invité du monde dans une maison de famille, une belle villa moderne perdue dans la nature le long d'une rivière. C'était l'anniversaire de Swan, on avait voulu faire les choses en grand, c'était ses 30 ans mais la fête allait surtout célébrer sa victoire dans l'imposition du vélo comme moyen de transport prioritaire et dominant au niveau national. On avait d'ailleurs pour l'occasion commander une voiture à pédales de 10 Sapiens avec laquelle une partie du groupe allait venir. C'était son cadeau.

Noa - Salut Charlie, whoo tu t'es rasé.e la tête ! le voyage en Gitane a été bon, la dernière côte t'as mis.e en forme ? Viens, je te montre la salle de bain.

Charlie - Oui la boule à zéro c'est pratique. Whhooff, j'ai pris un coup de chaud avec ce temps !

Noa - Ah mais toi tu te déshabilles en chemin ? Fais gaffe tu vas me donner envie, tu sais que tu m'excites tout habillé.e, alors là...

Charlie - Ah mais si la sueur ne fait pas retomber tes ardeurs je t'en prie, j'ai acheté un nouveau sex-toy que je n'ai pas encore essayé. Je le gardais pour la soirée quand tout le monde sera là mais...

Noa - C'est quoi, c'est quoi ?

Charlie - Il est en verre, j'adore le contact lisse du verre. Partout. Sur ma peau, mon sexe, dans mon anus. Il est oblongue, avec un renflement qui rétrécit progressivement avant de se redilater et de finir en boule. On peut peut-être le tester pour l'apéro, histoire de faire un avis consommateur aux autres quand iels arrivent ?

Noa - C'est la moindre des choses, quand on sait recevoir, non ?

Noa s'approche de Charlie, colle son torse à son dos. La chaleur des peaux qui se touchent, s'apprécient, se sentent l'a toujours ému.e. Ses mains se posent sur la poitrine de Charlie, caresse ses aréoles. Elles durcissent. Charlie se cambre et laisse échapper un gémissement. « J'ai envie que tu me prennes dans ta bouche, j'ai envie de sentir ta langue », Charlie s'assoit sur le rebord de la baignoire et écarte les jambes. Noa est excité par toute cette envie, cette érection, iel adore la sensualité du corps de Charlie, sa puissance, ses formes pleines, sa bouche est happée par ce sexe qui appelle le plaisir. Iel l'effleure d'abord du bout des lèvres « whooo », puis le parcours sur toute sa longueur à pleine langue « God ! ». Charlie sort l'engin de plaisir de son sac, le verre est froid, iel le tend à Noa « pénètre-moi ». Noa avec sa dextérité et sa souplesse habituelles, continue de flatter le sexe de Charlie avec sa bouche, tout en caressant son anus du bout de la courgette de verre. Charlie gémit, Charlie adore, Charlie en redemande. Noa, doucement laisse l'objet se faire absorber par l'orifice enjaillé. Charlie est au 7ème ciel, Noa appuie un peu plus « C'est bonnn ». Noa se lève, va dans la baignoire, se met derrière Charlie, d'une main lui caresse le torse, de l'autre la.e prévient qu'iel va aller et venir dans son anus, qu'iel va la.e faire jouir. « Oh my God, oui fais-moi jouir, enfonce-toi ! » A peine quelques aller-retours et Noa voit les contractions de l'anus et l'extase de Charlie. Iel l'enlace par derrière et se serre contre iel, pendant que Charlie se régale de son orgasme. Iel lui chuchote, elle a l'air gentil cette courgette de verre, Cendrillon s'est fait avoir avec ses pantoufles.

Moi aussi j'ai envie de te sentir dans mon anus, de sentir ta langue me caresser le renflement brun dilaté, de sentir qu'elle a envie de le pénétrer « hummm ». Charlie s'était levé.e et avait mis ses mains sur le sexe et le périnée de Noa, on sentait le sang battre dans son sexe, son excitation était à son comble. Charlie excité.e par la demande explorait tout le dos de Noa avec sa langue, sur le chemin qui menait à Rome. Arrivée à la naissance des fesses, iel les écarte des deux mains « tu m'excites ! » et pose doucement sa langue sur la zone sensible, la lèche, en rond, de haut en bas, et sans prévenir, l'ayant rendue pointue et dure l'insère doucement dans l'orifice qui se dilate de plaisir « J'adore, c'est bon, c'est bon, continue ». Charlie s'exécute puis demande « tu veux essayer le jouet ? », « oui je veux » répond une voix enivrée et désirante. L'objet ne se voit opposer aucune résistance, Charlie l'enfonce, l'enfonce loin, iel sait que Noa aime ça. Charlie l'a maintenant coincé entre ses cuisses et Noa, va et vient sur l'objet, iel va jouir, iel jouit « ooooooo ».

Swan et ses colocs tapent à la porte. Noa crie de l'étage « j'arrive ».

Les convives commençaient à arriver, la soirée s'annonçait bien, le thème était « analement vôtre » et tout le monde l'avait attendue comme un orgasme après 15 jours d'abstinence. Chacun.e avait amené ses sextoys, des déguisements, de l'huile de massage, des objets à détourner. On a même prévu des figures, des gamahuchages en carré à 4, une enfilade circulaire… ça n'aura rien à envier au jour de l'an !

Noa- Salut les enculé.ant.e.s, n'oubliez pas votre vaseline, rentrez bien ! Je vous aime.

Un message reçu

par Maurice Vian

Une silhouette gît adossée au mur lézardé. Jambes étendues parmi les gravats, tempes bourdonnantes et yeux injectés de sang, l'homme laisse errer son regard autour de lui, désolation et cauchemar… Des vibrations répétées, le gazouillement guilleret d'une sonnerie le sort subitement de sa torpeur.

Le visage grimaçant, il dégage en tremblant du fond d'une poche de son pantalon un smartphone. L'écran clignote pour signaler la réception d'un message. La reconnaissance faciale de l'appareil déverrouille l'écran sans se préoccuper du visage livide strié de sang de son propriétaire.

Vladislav plisse les yeux pour déchiffrer le texte :

« Hey Vladi ! Devine d'où je t'écris ? »

Une photo s'affiche à la suite du texte. Un grand brun, torse nu, pose nonchalamment avec un verre à cocktail sur une plage de sable fin. Vladislav reconnaît Sasha son ami d'enfance. Insatiable voyageur, aventurier insouciant, sempiternellement porté disparu et qui réapparait toujours subitement aux moments les plus incongrus.

Un second message accompagne la photo :

« Le Nicaragua mon pote, rien à voir avec la légende des cartels, c'est un pays de cocagne. Si tu voyais les femmes ici ! Ahahah mais c'est vrai que depuis que tu es papa, tout ça c'est derrière toi. Je reviens dans 2 mois, je passe vous voir dès mon arrivée, passe le bonjour à Elsa et embrasse tes deux princesses. J'espère que tout va bien pour vous, à très vite, ton ami Sasha. »

Un rictus tord le visage de Vladislav, Sasha ce vieux frère toujours aussi déconnecté de la réalité des choses et de l'actualité du monde. Des soubresauts agitent progressivement le torse de l'homme, il laisse choir le téléphone au sol et se prend la tête entre les mains. De sa bouche de père torturé surgit soudain un rire dément qui se mue en hurlement, plainte insoutenable, pour se conclure finalement dans une quinte de toux sanguinolente.

Le jeune papa reporte son regard sur les corps disloqués de sa femme et ses filles.

L'obus a frappé la façade de l'immeuble au niveau de la chambre aux fenêtres ornées de fleurs, d'oursons et de paillettes à l'heure où sa femme racontait l'histoire du soir.

Une belle personne

par Julien/Mandel

J'étais dans le bus qui a écrasé mon père.
Ce soir-là, une décision fugace, un simple neurone peut-être, un minuscule électron, qui sait, une fluctuation quantique quelque part dans ma tête a décidé que le chat de Schrödinger, cette fois, serait bien mort. Et ce soir-là, ce chat, c'était ma vie.

J'aurais pu me lever de mon lit pour aller chercher la multiprise qui aurait permis de brancher mon chargeur. Mon téléphone ne serait pas tombé en panne de batterie au milieu de la conversation quand ma mère a eu son attaque et que l'hôpital m'a appelé. Juste après j'aurai pu répondre au coup de fil de mon père. Il a essayé six fois – selon la police – puis s'est précipité dehors pour venir me prévenir, tandis que je sautais dans le bus pour rentrer. Depuis son attaque, ma mère ne parle plus, ne réagit plus, c'est moi qui la nourris et qui la change chaque jour. Je ne saurai jamais si elle m'en veut. Je l'aime bien celle-là, elle fonctionne à merveille. Tragique, percutante, pas trop longue, elle joue à la fois sur la fatalité et la culpabilité. Juste un détail : oublier le délire sur la physique quantique, je sens bien que je les perds avec ça.

Une autre : je n'arrive plus à dormir. Tous les soirs, je repense au jour de mon suicide. Lorsque j'ai sauté, j'ai attendu que le camion soit vraiment près, pour qu'il n'ait pas le temps de freiner. Je n'ai jamais eu le sens du timing. Lorsque j'ai touché le bitume, le poids lourd étant passé depuis longtemps. C'est la voiture qui suivait qui n'a pas eu le temps de s'arrêter, alors elle a probablement percuté la glissière de sécurité ? Ou une autre voiture ? En tout cas, la conductrice est morte. Ou est-ce son passager ? Ai-je pu lui parler avant son dernier souffle ? Non, j'avais sûrement les deux jambes cassées… Non, ça ne marche pas. Je dois encore la travailler, celle-ci. Je sens que je tiens quelque chose avec le suicide raté mais l'autoroute, sérieusement ? Pas crédible, tout simplement.

Une belle personne

J'étais une belle personne. Pour de vrai. Au travers des réseaux, j'ai toujours été gentil avec les gens. Respectueux, honnête, factuel. Un humain normal perdu dans un monde virtuel de belles gueules et de corps retouchés, de photos de voyage, de dream-jobs, de pensées inspirantes et de personnes qui font de tous les aspects de leur vie une merveille. En étant vrai, j'étais invisible. Celui qu'on like par politesse mais qu'on ne se fatigue pas à commenter.

Le pire, c'est que je n'ai même pas compris tout seul. Il m'a fallu un petit coup de pouce du destin (ou une facétieuse particule quantique). Je suis tombé malade. Rien de grave, mais les gens ont mal compris. Subitement, tout a changé. « De tout cœur avec toi ». « Tu es tellement courageux ». « Ça va mieux ? ». « Donne des nouvelles ! ». « Continue à te battre ». C'est apparu comme une évidence. J'ai imaginé un long combat contre la maladie. J'ai guéri, mais aux blessures physiques ont succédées les blessures mentales. J'obtenais toujours plus. Des inconnus attendaient des nouvelles de ma part. Des inconnues tremblaient pour moi. Au bout d'un an, je n'étais plus insignifiant : j'étais dans tous leurs esprits. Ils me demandaient régulièrement des nouvelles. Ils s'inquiétaient. Tous admiraient ma capacité à me livrer ouvertement et cela devenait sensationnel.

Et c'est alors que j'ai compris une terrible évidence. J'étais condamné. Ce n'est pas moi que ces gens aimaient, mais mon infortune. Alors, tout simplement, je suis mort. Et j'ai recommencé. Nouvelles personnes, nouvelles histoires. Je n'étais plus jamais seul, je me sentais entouré de vrais amis à chaque nouveau personnage. Et puis j'ai commencé à entrevoir d'autres bénéfices. Des cadeaux, tout d'abord. D'inutiles fleurs ou autres symboles encombrants bien sûr, mais aussi des livres, des objets utiles, et même de l'argent. Puis – c'était tendance – les cagnottes ont commencé à fleurir. C'est devenu rapidement la routine : si personne n'y pensait, il me suffisait d'inventer un quidam dans la foule de mes supporters pour lancer la quête. C'est devenu plutôt lucratif.

Ensuite, côté sentimental, ma solitude s'est rapidement mue en surmenage. Un mélange inattendu d'admiration, de pitié et de sens du devoir semblait pousser les femmes dans mon lit de martyr. Bien sûr, pour qu'elles puissent aimer mon corps intact, je privilégiais la douleur mentale, et je n'ai pas eu de peine à apprendre quels types d'afflictions faisaient le mieux vibrer la corde féminine. J'ai peaufiné encore ma méthode.

Il m'aura fallu cinq ans pour que je songe à en faire un métier. Les dons étaient largement suffisants, mais à l'occasion d'une cagnotte un peu trop bien remplie j'étais passé à deux doigts de me faire griller et d'avoir de gros ennuis. J'ai tout juste réussi à rembourser tout le monde et à disparaître. Alors j'ai raccroché. Désormais, j'ai mon petit business sur la plupart des messageries cryptées. Mes clients ? Comme moi auparavant, ils cherchent l'attention, l'affection ou l'amour, alors j'écris leur histoire. J'étudie leur profil, mais souvent c'est surtout leur photo qui m'inspire. Je la regarde longuement, je ferme les yeux... Et je pense au malheur. À tous les drames qui pourraient les rendre beaux. Toute la douleur qui les rendra irrésistibles. Imaginer leur force, leur résilience, mais pas trop ! Il faut qu'ils souffrent. Et comme ils tiennent leur audience, je les tiens, moi. Toutes les semaines, je leur vends des nouvelles d'eux-mêmes. Leur dose.

Je sais qu'un jour, je n'aurai plus de misère à raconter. Que je n'y arriverai plus. La source se tarira tôt ou tard. Mais ce n'est pas grave, je le sais, et j'ai la solution. Elle est tellement évidente que quand elle m'est apparue, j'ai failli la mettre à exécution immédiatement. Après tout, je n'habite pas très loin de ma ville natale ; étant petit je passais régulièrement sur ce pont d'autoroute que je connais très bien. La nuit, c'est calme, il y a quelques camions, peu de voitures.

J'ai toujours eu un excellent sens du timing.

Chemins

par Jordi

Dès l'aube, le vent s'était levé sur les grandes plaines infertiles et balayait les herbes folles avec véhémence. Sam marchait les bras le long du corps, qu'il avait frêle. Il avait encore mal dormi cette nuit, réveillé par les ronflements de son père puis par la démarche lourde de sa mère qui commençait son travail encore plus tôt que lui, parce qu'il lui fallait marcher une heure pour atteindre l'usine textile de lin. Quand il était sorti de chez lui, de cette unique pièce dans laquelle il s'entassait avec sa famille, il avait pesté contre la fermeture éclair de son manteau qui n'avait pas voulu remonter. Sam espérait vraiment trouver un poste mieux payé grâce auquel il pourrait trouver un logement en résidence de jeunes travailleurs. Là-bas, il avait entendu que la cuisine était séparée des chambres à coucher et qu'on ne sentait pas l'odeur de cuisson quand on s'endormait. Et puis, Sam pourrait aussi faire réparer son manteau, acheter un vélo et d'autres choses encore. Cette pensée lui réchauffa le cœur mais cette sensation fut de courte durée. Il leva la tête et vit déjà poindre la grande tour de béton dont le sommet était en partie dissimulé par la brume. Une onde froide lui parcourut l'échine. La boule au ventre, il continua son évolution tête baissée jusqu'à ce qu'il arrivât au bâtiment de production situé en contrebas de l'imposant édifice.

— Salut Sam, fit Pierre, en grognant.
Son collègue devait avoir dans les soixante ans et portait une barbe blanche drue. D'une humeur très changeante, il pouvait passer sa journée à râler et pester contre l'univers tout entier ou au contraire tout tourner en dérision.
Il salua également Ulysse, la quarantaine, surnommé l'ingénieur par Pierre, qui s'affairait déjà, lunettes sur le front, à préparer les commandes sur un ordinateur hors d'âge. Ulysse était peu loquace pour ne pas dire blasé, comme s'il vivait tous les événements de sa vie dans une indifférence générale.

— Avant de descendre, il faudra nous aider à empaqueter la récolte d'hier, indiqua Pierre à Sam en désignant un silo regorgeant de champignons blancs, gris et marron.
Silencieux, Sam prit des boîtes en carton, les posa sur le rail de commande et alla chercher des champignons avec la brouette.
— Ça nous réchauffera en tout cas, fichu temps ! pesta Pierre, alors qu'il collait des étiquettes sur les boîtes.
— Pourquoi fait-il si froid cet été ? demanda Sam, tout en commençant à trier les champignons par couleur.
— Tu veux que je te dise ? C'est à cause de ce qu'ils ont fait il y a vingt ans. Les Américains avaient balancé en masse de la calcite pour refroidir l'atmosphère et diminuer les effets du changement climatique mais ça a merdé !
— Rien ne prouve ça Pierre, réagit Ulysse avec son flegme habituel. Le refroidissement de nos régions est dû à l'arrêt du Gulf Stream, ce courant marin transatlantique qui réchauffait nos côtes. Nous vivons une mini période glaciaire depuis cela. Mais nous aurons bientôt des températures très élevées ici.
— Eh bien, l'ingénieur, quand j'étais jeune, on a entendu mille théories sur tout ça et rien ne s'est produit ! De toute façon mon garçon, personne n'en sait rien, fit Pierre en se retournant vers Sam.

— Allez petit Sam, tu y descends ? ajouta Pierre, alors que le stock était vide et les champignons désormais emballés.
Son vieux collègue ne descendait plus parce qu'il ne pouvait plus manœuvrer une fois suspendu dans le vide. Il fallait avoir une sacrée agilité à l'intérieur pour pouvoir bondir entre les bacs, saisir les équipements nécessaires, se mettre à niveau, effectuer les vérifications, bref toutes les actions requises pour faire pousser des champignons au cœur d'une tour de cinquante mètres de haut.
Sam enfila un baudrier, se saisit des cordes et des mousquetons puis monta à l'échelle la cinquantaine de mètres qui séparait le haut de la tour du sol. Il dut se cramponner aux montants pour éviter d'être envoyé dans le décor par les bourrasques provenant du Nord. Lorsqu'il arriva enfin au sommet, le cœur battant, il eut une sensation de vertige et son ventre se crispa encore plus. Là, sous ses pieds, dans l'obscurité, poussaient des milliers de champignons dans des cages en bois, les structures étant maintenues en suspension aux parois de la tour et permettaient la croissance du précieux aliment dans toutes les directions. Ce jour-là, sachant qu'une récolte avait déjà été réalisée deux jours avant, Sam devait uniquement arroser avec des brumisateurs. Il s'accrocha alors à une rampe, saisit l'une des cordes installées et descendit par à-coups pour récupérer un arrosoir percé quelques

mètres plus bas. Soudain, il eut une pensée qui le tétanisa. Il avait oublié dans son manteau les dessins qu'il aimait faire sur le trajet, lorsqu'il était en avance. Il espérait alors grandement que personne ne tombe dessus. Perturbé par cette pensée, Sam oublia d'accrocher le mousqueton à la rampe du niveau supérieur. Lorsqu'il s'élança pour saupoudrer des spores dans un bac, il fut surpris de ne pas être retenu par la corde. Son corps flotta un instant avant qu'il n'entame une chute accélérée vers le sol. Sam n'eut pas le temps de crier mais observa avec tétanie le ciel gris s'éloigner de lui à toute vitesse et ferma les yeux, se résignant à son sort.

Lorsqu'il rouvrit les yeux, sa mère était penchée sur lui, le visage rempli de larmes.
— Il est réveillé, fit-elle, en tournant la tête vers un vieil homme au crâne rasé vêtu d'une longue tunique grise.
— Que s'est-il passé ? demanda Sam, d'une voix quasi inaudible.
Il ne sentait plus ses jambes et sa tête était si lourde qu'elle semblait vouloir s'enfoncer dans son oreiller. Une douleur vive lui remontait parfois le long de la moëlle épinière comme si des insectes creusaient des galeries à l'intérieur de son corps.
— Sam, tu es tombé de très haut, lui expliqua sa mère, la voix tremblante. Tes collègues t'ont emmené au dispensaire le plus proche. J'ai fait au

plus vite lorsque j'ai su, ajouta-t-elle, en forçant un sourire.
Sam connaissait bien ce sourire esquissé qui attestait d'une souffrance intérieure doublée d'une gêne : elle avait quelque chose de grave à lui annoncer et elle ne savait pas comment le faire. Il jeta un œil au vieil homme en tunique. Celui-ci, la tête basse, se tenait à côté d'une pile de linge de rechange pour plusieurs jours et un tas de feuillets gris. Sam tenta de toucher l'une de ses jambes puis l'autre. Rien ne se passa, aucune sensation, aucun stimulus. C'était comme s'il avait touché le meuble à côté de lui. Des larmes lui montèrent instantanément aux yeux. Sa mère enchaîna, d'une voix douce.
— Ici, tu seras entouré de gens qui te proposeront des activités. Je viendrai te voir souvent, lui promit-elle, en lui mettant la main sur le bras.
Puis, sa mère essuya ses joues, se leva, lui fit un baiser sur le front et sortit sous le regard triste de Sam.

Jusqu'ici témoin de la scène, le vieil homme en tunique approcha de son lit un chevalet sur lequel reposait une toile blanche. Puis il fit rouler un chariot métallique grinçant où étaient disposés chaotiquement des pots et des pinceaux de différentes couleurs et tailles. Sam sécha ses larmes, regarda son hôte avec gratitude et prit un pinceau. Ce dernier le salua en silence et quitta la pièce.

Assez rapidement, les traits qui se posèrent sur la toile représentèrent les herbes des plaines infertiles avec en arrière-plan la tour de béton aux allures menaçantes. Et au fur et à mesure que le dessin se formait sous ses yeux s'éloignait avec lui la souffrance liée à la découverte de son handicap. Cet espace de réconfort et de liberté semblait être sans limite, son âme pourrait voyager plus loin encore que son corps n'aurait pu le faire. D'ailleurs, en observant cette vue qu'il avait tous les matins en allant au travail sous forme de dessin, il constata qu'on avait ôté quelque chose en lui : il n'avait plus peur.

Table des matières